우리처럼 낯선

우리처럼 낯선

전동균 시집

창비

차 례

제2부

제3부

제1부

먼 나무에게로

그곳으로 가시지요 열매를 매단 채
새 이파리 피운
신성한 나무에게로

좀 멀긴 합니다 신발을 벗고 몰려오는 구름들과
물결치는 돌들의 골짜기를 지나야 하죠
땅속으로 꺼진 무덤들
시장 난전의 손바닥 같은
바람의 비문(碑文)을 읽어야 해요

일생토록 쌀 댓말 지고 가는 사람, 우리는
아침에 얼어붙은 강을 건넜으나
밤에도 강가에서 노숙하는 사람

아무것도 없을지 몰라요 그곳엔
다람쥐가 뱀을 잡아먹고 사람이 사람을 불태울지 몰라요
하늘로 하늘로 이파리들 펄럭일 때
누군가는 하염없이 오체투지 하는지도

쉿! 아무 말 하지 마세요
모르는 척 기다려야 해요
그이들도 가슴에 통곡을 넣고 왔을 테니까
살얼음을 밟듯 지옥의
별자리를 건너왔을 테니까

아흔아홉 설산 너머 무지개공원의 늘 푸른 나무
공원보신탕 입구 개사슬 묶인
으렁 으렁 먼나무

춘삼월을 건너는 법

꽃들만 왔다 가는 기라 쓸데없이

떨고 있는 창문들
어디론가 끝없이 걸어가는 의자들
밤이면 아스팔트를 뚫고 달려오는
초록 이리떼 울부짖음

쌀통만 바닥나고 있는 기라
제 모습을 멀뚱멀뚱 비춰보는 연못의
구름의 혓바닥만 마르고 있는 기라

전생을, 전생에 맡겨둔 물건을 찾아오듯
햇볕을 나르는 손들은
절벽과 마주 선 절벽이거나
휘몰아치는 급류를 감춘 적막의 형제들

아무도 데려가진 못할 기라 귀신은커녕
아무것도 보이지 않을 기라

그렇게 믿는 기라 그래야 사는 기라

지진 터지고 쓰나미 덮치고
해 지지 않는 밤의 사막들이 와서
발끝에 심장에
조용한 잠의 밑바닥에
온갖 내전(內戰)을 일으켜도

그냥 친구들끼리 야유회 하듯 지나가는 기라
술 진탕 마시고 목청껏 노래 몇자락 불러제끼고
미안합다, 인사 한번 꾸벅하는
꽁지머리 바람처럼

오후 두시의 벚꽃잎

호랑이, 흰 호랑이가 달려왔어

그때 나는 늦은 점심을 먹고 있었지 짜장면을 먹으며 책상 밑에 얌전히 놓인 구두를 바라보고 있었어 초원을 내달리는 무소였던, 태양의 콧김이었던, 손을 흔들며 환호하는 강물들, 달려도 달려도 끝없는 지평선이었던 낡은 구두의 한생을 생각하다가 나도 모르게 목이 메었어 미안하다, 사과하고 싶었어 그 순간,

해가 사라지고 유리창의
눈꺼풀이 떨리며 닫히고 어디선가
낯선 바람이 불어오고

흰 호랑이가 달려와 내 얼굴을 물어뜯고
가슴을 파헤쳤어 순식간에
피범벅 된 나를 세상 밖으로 내팽개치는

번개의 무늬들

계산포무도(溪山苞茂圖)

갈필의 손은 높이 솟은 나무와 멀어지는 산과 대밭 옆 오두막 두칸을 그렸지 허나 보이는 건 바람뿐이야

도둑처럼, 흐린 먹빛 속을 스미어 댓돌 하나 놓고 싶다 닳은 신발 몇켤레, 아니면 밥 짓는 연기라도…… 댓잎 두들기는 적요의 소나기떼, 무슨 얘길 하고 있지 않나? 사람이 사람을 만난 듯

보이는 것과 보이지 않는 것 사이에서 제 그늘마저 삼킨 나무들, 그 아래 취한 낮빛으로 서서 자꾸만 흩어지는 하늘을 품은 적 있나니, 벗은 발목엔 생의 비밀을 엿듣는 푸른 귀가 여럿 돋았나니

심장에 얼음 어는 소리
찢어져 불을 뿜는 댓잎들

낮아지는 저녁

한껏 고개 뒤로 젖혀서
하늘의 시린 뺨을 핥아보자는 거다
저무는 햇살의 새끼손가락을 오물오물 빨아보자는 거다

산 밑 가겟집에 모여 날마다
새우깡에 소주 먹는 사람들,
주인 몰래 소주병 들고 가다 문턱에 걸려 자빠지는
실업(失業)의 금 간 얼굴들 더불어서

헐렁한 바지, 노끈으로 허리 묶고 서서
복사뼈 다 드러내고 서서

저 산이 놀란 고라니처럼
어스름 속으로 뛰어가는 것을 훔쳐보자는 거다
눈에서 눈으로, 발바닥에서 배꼽으로 번져오는
철 지나 흐드러진 꽃웃음을 껴안아보자는 거다

사랑과 죄와 고독이 하나이듯이, 그렇게

언 고욤이 단맛을 깊이 품듯이, 그렇게

뒤

꽃이 오고 있다

한 꽃송이에 꽃잎은 여섯
그중 둘은
벼락에서 왔다

사락 사라락
사락 사라락

그릇 속의 쌀알들이 젖고 있다

밤과 해일과
절벽 같은 마음을 품고
깊어지면서 순해지는
눈동자의 빛

죽음에서 삶으로 흘러오는
삶에서 죽음으로 스며가는

모든 소리는 아프다

모든 소리는 숨소리여서
— 멀리 오느라 애썼다,
거친 발바닥 씻어주는 손들이어서
아프고 낮고
캄캄하고 환하다

사락 사라락
사락 사그락

제 발자국을 지우며 걸어오는 것들
아무 데도 누구에게도
속하지 않는 것들

수곡지

아무렴, 낮밤없이 몰려드는 피라미떼지 수면을 난타하는 깡패 베스들, 뜻 모르는 노랠 흥얼대며 쏘다니는 갈대 소녀들, 오빠가 책임질게, 블라우스 단추를 하나씩 푸는 황혼의 방죽길이지 새벽 두시면 허옇게 배 뒤집는 달빛, 그래도 꿈쩍 않는 외눈박이 찌불들이야

백운산 수곡지는, 수곡지의 주인은

저기 저 무덤 앞 포인트의 낡은 파라솔, 그 아래 허리 구부린 낚시꾼, 깨진 소주병, 하룻밤에 월척 서른마리 잡았다가 풀어준 어망의 고독, 나는 나를 불태우는 중이야, 진흙뻘에 갇혀서도 푸른 수초들이지

이것들 다 품고도 맑은,
속이 훤히 비치지만 수심을 알 수 없는
물빛, 아무래도 헛것 같은

느닷없이 달이 쉰개쯤 굴러오는

이거 참, 올봄에 내가 겪은 일 중 하나는 한밤중 산에서 들개들을 만난 일, 뜬금없이 매화꽃 소식 궁금해 내원암 오르다가 비탈길 덮쳐오는 시퍼런 불길에 혼비백산, 마른 나뭇잎으로 매달려 떨면서 어릴 적 강아지 걷어찬 죄마저 낱낱이 쏟아낸 것인데

이를 또 어쩌나, 그때부터 밤이 좋아졌으니

내가 캄캄해져야 환해지는 당신 눈매를 떠올리면 느닷없이 소나기 먹구름과 쉰개쯤의 달이 한꺼번에 굴러와 가슴을 무너뜨리는 밤의 비밀을 어떻게 아셨는지, 일찍 핀 산수유며 딱새들이며 모두들 어디가 아픈 듯이 그 속에 앉아서는 넘쳐오는 시냇물 같은 사랑이며 후회에 낯을 씻고 있는 것을 벙어리가 되어 흘러오고 가는 것을

청명

오동꽃이 피었다 마당에
가슴뼈 같은 줄을 내걸고 이불을 펼쳐 널었다

먹고살 생각, 여자 생각에 뒤척이던 밤들이 놀라 두리번대다가 이내 공손해진다

모든 빛을 삼키고 내뿜는 자줏빛 불이 타오른다는 건
흙들이 술렁인다는 뜻,
이름 부를 신조차 없는 사람들 많아지고
살아서는 차마 못 잊힐 일들이
자꾸만 생겨난다는 건데

헐렁한 슬리퍼를 끌고 나와 먼지를 터는
나 같은 놈도 손님이라고
타닥타닥 반갑게 튀어오르는 햇볕들

무슨 부끄러운 질문을 받은 양 마당은 일어섰다 누웠다 서성거린다

세상은 괜히 하늘 저켠에 닿을 듯 높아지고 높아져서

이사를 할까? 새장가를 들까?
망설이는 바람의 이파리들 사이로

낮에는 일하고 밤에는 별 보는 사람이 되고 싶은
조용한 웃음이 몇
번져오고

등꽃 오실 때

막차 놓치거나 열쇠를 잃어버린 꿈속에서
내 손을 잡아주던,
뒷모습만 보이던 것은 알고 보니
구렁이였다 백년 묵은
푸줏간의 칼이었다

그런 황사의 날들을 지나

빨랫줄에 널린 옷들이
저를 입었던 사람의 기억처럼 펄럭이며
마른다는 것을 알았을 때

신록 우거진 애장터 같은
마음의 끝에
기쁨은 기쁨으로 슬픔은 슬픔으로 잘 삭힌
보랏빛, 연보랏빛
편종 소리 들려왔으니

어이쿠, 소양호 잉어들 수초 시커멓게 알 슬겠다
우리 고모, 곱사등이 막내고모 종일 들판에 엎드리시겠다

땅바닥 벌레 보면 가만가만 비켜서는 이들 많아지겠다

말하는 청설모를 본 적 있니?

밤새 가랑비 내려
단풍잎마다 죽은 이들 눈동자가 반짝이던
오늘 아침
가야공원 언덕배기 넘어가는데
청설모 한마리 쪼르르 달려와 턱, 길을 가로막더니
말을 걸더군

— 밥 묵었나, 잠은 잘 잤나?
처음엔 당황했지만,
— 그래, 마이 묵었다, 잠도 푹 잤다, 니는 어떻노?
오랜 벗을 만난 듯 안부를 주고받았지

물통 든 영감님이 멍하니 바라보더군
파란 모자 아줌마는 혀를 차며 지나가더군

그이들 눈엔 청설모가 보이지 않았나봐
녀석의 다정한 말이 들리지 않았나봐

걸어온 길을 끊어버린
낭떠러지가 집인
가을 속엔
마흔 몇개의 가을이 살고 있다는 걸 잘 모르나봐

그중 가장 어린 것이 찾아온 것을

중년

앉아서 오줌 누는 게 편해지기 시작했다 당신,
날개를 어디다 감췄어?
아내에게 너스레도 떨게 되었다 끓는 물속에서
악착같이 팔다리를 휘젓는 낙지나
새카맣게 타들어가는 불판 위 삼겹살을 보면 괜히
내 살을 쓰다듬게 되었다 어쩌다보니
독작(獨酌)을 즐기게 되었고
신록이 올 때면 이유 없이 아파서
이 별은 왜 나를 불렀을까, 한밤의 아파트 옥상을 서성대곤 하는데, 거기서
804호 아저씨를 만나도 서로 모른 척하게 되었다 어쩌다보니
키 작은 나무는 잎사귀가 넓다는 것을
모과가 떨어지면 순간
마당이 거룩해지는 것을 알게 되었고
청소부 아줌마에게 먼저 깍듯이 인사를 하게 됐지만
강아지에게 신발 신긴 것들, '우리가 남이가' 하는 것들,
좌회전 깜빡이 넣고 우회전하는 것들 보면 욕이 튀어나

오고

아무 데서나 「님은 먼 곳에」를 흥얼거리게 되었다 어쩌다보니

이런 것도 시라고 쓰게 되었다

눈사람

세한도를 볼 적마다 나는 총알 퀵써비스 기사가 되어서
젠장맞을, 여긴 왜 아직 이 모양이람! 얼어붙은 마당을 뚫
고 들어가 소리치는 거야 누구 안 계세요 아무도 안 계세요

외창마저 닫고서는 진종일
눈물과 웃음이 함께 솟는 묵선이나 긋고 있던 늙은 완당이
밑천 털린 노름꾼처럼 부스스
오줌 누러 나올 때까지

마냥 기다리고 있는 거야 뜨끈뜨끈 할망곰탕 한그릇 들
고 서 있어야 하는 거야 그릇 밑엔 울트라파워 비아그라 몇
알 숨겨놓고

납작보리

아버지 화장 모시던 날, 시월인데 북천 고추바람 유독 매웠더랬습니다 아따, 꼭 그 양반 성깔 같네, 당숙이며 사촌형님들 덜덜 떨다가 육개장에 소주잔 적시러 식당으로 몰려간 뒤에 아버지 몸은 굴뚝을 나와서도 한참을 펄럭대다 살얼음 하늘로 천천히 스며들고 있었는데요 둘째도 납작보리*라고, 나자마자 외면당한 소현이, 여섯살배기 그 어린것이 제 엄마 옷자락을 꼭 붙잡고는 서럽게 서럽게 우는 것이었습니다 아이고 기특해라, 장손 씨는 다르데이, 니 그래 할배가 좋더나? 관을 안고 몇번이나 쓰러졌던 큰고모가 흐뭇한 목도리를 감아주며 묻자, 더 크게 엉엉대다 잔뜩 코 막힌 소리로 아니요, 피카츄 인형을 잃어버렸어요

* '딸'을 뜻하는 경상도 지방의 은어.

한밤의 라면

나가사끼 짬뽕을 끓여 먹는다 밤 두시에

어제는 막내누나가 이혼한다며 전화를 했고
그제는 혼자 사는 친구가 쌀이 떨어졌다고 찾아왔다

가스불은 새파랗게 질린 얼굴로 타올랐다

길 건너 안창마을 불빛들은 나귀처럼 힝힝대지만
몇방울 빗소리에 금세 낯을 붉히는
나뭇잎들의 가을이 안쓰럽고
또 두려워서

국물 바닥까지 먹는다 런닝구가 젖도록

겉은 맑지만 속은 칼칼한 이 라면의 힘으로 나는
아침에 망치 좆을 세워야 하고
온종일 거미줄 세상에 매달려
내가 못마땅하다고 투덜대는 마음들을 혼내키고 다독거

리다가

내생(來生)엔 돌이 되거나
동진출가할
저녁 어스름을 만날 것이다

전철 서너 정거장을 함께 걸어올 것이다 말없이 그냥

사랑의 둘레

혼자인데도 여럿 같았어요
벌써 마음을 다 쏟아낸 듯했어요

저절로 치켜진 맨 윗가지에
배밀이하는 아기 손톱의 분홍, 분홍 하늘을 모시고 섰는
엄광산 계곡 꽃나무

멀리서 오신 손님 같았어요
하룻밤만 묵고 먼 데로 떠나실 것 같았어요

저에게 찾아온 사랑의 이름도 모르는 채
떨며 서 있었더랬어요
눈과 귀와 입을 막고서
눈발 날리며 막 저무는 저녁을
마주 섰더랬어요

혼자인데도 여럿 같았어요
한바탕 큰 울음을 쏟아낸 뒤에야 싹트는 미소 같았어요

(오 미소 짓는 별, 별자리들!)

그 옆을
환속하는 중 같은 사내 하나 지나갔더랬어요
가다 서다 가다 서다
오래이

제2부

내가 장미라고 불렀던 것은

내가 장미라고 불렀던 것은 하이에나의 울부짖음이었다
내가 나뭇잎이라고 불렀던 것은 외눈박이 천사의 발이었다
내가 비라고 불렀던 것은 가을 산을 달리는 멧돼지떼, 상처를 꿰매는 바늘
수심 이천 미터의 장님 물고기였다 내가 사랑이라고, 시라고 불렀던 것은
항아리에 담긴 바람, 혹은 지저귀는 뼈
내가 집이라고 불렀던 것은 텅 비었거나 취객들 붐비는 막차

나의 주인은 누구인가, 물으며
내가 나라고 불렀던 것은
뭉개진 진흙, 달과 화성과 수성이 일렬로 뜬 밤이었다 은하를 품은 먼지였다 잠자기 전에 빙빙 제자리를 도는 미친 개였다

흰 고양이가 울고

한쪽 발을
이불 밖으로 내밀어야
간신히 잠들 수 있는 시간이 왔다

심야의 도로를 질주하는, 야구 모자를 눌러쓴 트럭들의
11월
취한 사내에게 젖을 물리는 노래방 지하 계단의 11월

나뭇가지들이 창문을 때리고 있다
흰 고양이가 울고 있다

내 목소리로 너를 부르고 있다

*

돌 떨어지는 소리, 사방에서

돌들이 꽃처럼 떨어지는

꿈속에서
죽은 친구 옷을 입고 놀다가 깨어나
빨랫줄의 양말이며 속옷들을 만져본다

연기도 없이 불타는 밤의 손가락들,

비상등 깜박이며 골목을 급히 빠져나가는 11월
모든 것이 살해되고 용서되는 11월

*

이제 개들은 달을 보고도 짖지 않는다, 으깨져버린 달!

서로의 입을 혀로 틀어막고
울음을 참는 연인의 눈물 한방울이
모든 빛을 꺼뜨릴 때

우리의 마지막 얼굴, 그건 벼락 맞은 짐승이지,

내 입에서 유령거미들이 튀어나오는 11월

전생과 후생이 겹쳐진 한줄기 바람 속에 얼어붙듯
조용한 열매들, 혹은
매음굴을 빠져나와
문 닫힌 성당 앞을 밤새 서성대는 구두들

우리처럼 낯선

물고기는 왜 눈썹이 없죠? 돌들은 왜 지느러미가 없고 새들이 사라지는 하늘은 금세 어두워지는 거죠? 저토록 빠른 치타는 왜 제 몸의 얼룩무늬를 벗어나지 못하나요? 매머드라 불리던 왕들은, 맨 처음 씨앗을 뿌리던 손은 어디로 갔나요?

꼭 지켜야 할 약속이, 무슨 좋은 일이 있어 온 건 아니에요 우연히, 누가 부르는 듯해 찾아왔을 뿐이죠 누군지 모르지만, 그래서 잠들 때마다 거미줄이 얼굴을 뒤덮고 아침의 머리카락엔 불들이 흘러내리는 걸까요?

한 처음, 아무것도 없었던 것처럼
어떤 소리도 들리지 않았던 것처럼

그냥 웃게 해주세요 지금 구르고 있는 공은 계속 굴러가게 하고 지금 먹고 있는 라면을 맛있게 먹게 해주세요

꽃밭의 꽃들 앞에 앉아 있게 해주세요

꽃들이 피어 있는 동안은

만져지지 않는 얼굴

제기랄, 불이 나갔다
하필이면 변기에 쭈그려 앉아 일을 볼 때

놀란 기억의 손은
문이라고 생각했던, 벽이라고 생각했던 곳을
더듬어 찾는다

아무것도 없다

손은 간절히
머리였던, 가슴이었던 곳을 더듬어보지만
마침내 안팎으로 확 터져버린 것인지
꽉 막힌 것인지

자궁 속에서 처음 눈뜰 때가 이랬을 것이다
아무리 빌어도
죽음의 옷자락이 눈보라처럼 덮쳐올 때가

……만져지지 않는 얼굴에서
눈물이 흘러내린다

화가 나면
제 머리털을 마구 쥐어뜯던
눈물, 무교동 매운 낙지가 먹고 싶다고 중얼거리는

이 지린내

햇반에 고추장 비벼 먹는

화성에 갈까봐
화성에, 화성에 가서 토끼를 키울까봐

마태수난곡 들으면
햇반에 고추장 비벼 먹는 저녁이면
기차가 달려오네

검은 옷 입은 사람들 가득 찬
텅 빈 기차는
바닷가 모래밭에 나를 남겨두고
블랙홀 같은 파도 속으로 사라지고

화성에, 화성에 갈까봐
화성에 가서 눈이 붉은 토끼들과 탁구를 칠까봐
귀를 쫑긋대며 블루스를 출까봐

닫힌 문을 보면, 별일 없니?
걱정스레 안부를 묻는 마음들

시장 좌판에 쪼그려 마늘을 까는 손들
밥 먹는다는 일의 누추와 장엄

— 꿈 따윈 가지지 마, 그럴수록 고통스러우니
사슬에 묶인 채 악기를 켜듯
나무들 불타오를 때!

나는 만나고 싶어 내 뒷모습을
수컷이 새끼를 낳는 해마들의 나라,
그 처음이며 끝인 시간을

이 이상한

흰꼬리거미도
잠자면서 헤엄치는 참치도 아닙니다

뿌리로 숨 쉬는 맹그로브나무처럼 강하지도
몸 색깔 제 맘대로 바꾸는 쥐치처럼 영리하지도
공기가 없어도 잘 사는 곰벌레처럼 착하지도 않아요

기도와 칼을 한번도 버린 적 없는 이것은

죽은 물고기, 마른 풀들을 형제라고 부르면서
새로 피는 꽃을 보면
설산의 바람 소리, 취한 말들의 방울 소리 들린다며
두들겨 패듯 가지를 흔들어대는
이 이상한 것은

(6천5백만년 전 혜성이 지구의 옆구리를 때리지 않았더라면, 겁 많은 발자국 하나 재빨리 땅굴 속으로 달아나지 않았더라면, 지금도 소용돌이치는 고양이눈성운쯤에서 먼

지로 떠돌고 있을 텐데)

재와 눈물로 뒤덮인 거울 앞에서
끊임없이 제가 무엇인지 묻고 있답니다
가끔은 종이에 '돌은 깃털이다'* 쓰고
없는 날개를 흔들곤 하죠 꿈속에서 웃는 표정으로

* 옥따비오 빠스 「활과 리라」에서.

단 한번, 영원히

이제는 말해다오, 하늘로 몸을 감는 덩굴잎들아
파로호의 찌불들아
울어도 울어도 캄캄한 이 밤을
이 밤의 장막 너머
잘린 말 대가리들이 쏟아지는 허공의 또다른 밤을

한때 여기에도 사람이 살았어, 단검처럼
옆구리를 찌르는 물결들, 숨 내뱉는 순간
얼어붙는 바람을 삼키는
바람의 입들, 끝내

울지 않는 새들아, 말해다오, 이 밤의 장막 너머
잘린 말 대가리들을 싣고
트럭이 질주하는
사막, 안개바다, 처녀의 피,
그곳의 오직 하나인 밤을

물고기들이 강의 고통을 기억하듯, 우리가

우리의 죄를 껴안아야 하는
재의 수요일이 오기 전에, 내 얼굴을 찢고
기린의 혓바닥이 튀어나오기 전에

침묵 피정

빈 촛대가 놓여 있을 뿐이다

서리들이 언 발 비비며 지나가도
어둠이 마른 입술 적시며 쌓여도
홀로 앉아 바닥만 비추고 있을 뿐이다

아직도 몸에 더운 피가 흐른다는 게
차라리 슬픔인 밤

촛대에 불을 밝히면
삶이 제 것이 아님을 알아버린 자들,
한평생 무덤을 찾아 떠도는 짐승 발자국들이
낡은 성의(聖衣) 자락처럼 펄럭이고
그러면 또 내 몸은 쩍쩍 금이 지는 것이다

제 뼈를 깎아 피리를 부는 노인의 입술인지 모른다
폭풍의 하늘로 솟구쳐 사라지는 수리매 날개인지 모른다

너무 작아
책 한권 놓으면 꽉 차고
너무 커서 온 세상 울음을 다 쏟아내도 남을

앉은뱅이책상 하나

모자를 벗고 잠깐

황혼의 의자에 몸을 앉혀놓고 담배를 피웁니다

제가 간절히 기다린 것들은 이미 다녀갔는지 모르지만

제 손으로 세상의 일을 하시고
어둡고 흐린 제 눈으로 세상을 살펴보시는
당신은 어디에 계신지 모르지만

젖은 옷의 검불을 털면
숟가락 달그락대듯 켜지는 불빛
울고 웃고
휘청이는 그림자들을 보며

내일은 또 어느 창끝의 바람 속으로 저를 데리고 가실지

마당가 버려진 돌들,
목줄 풀어져도 앞발로 땅만 파면서
킁킁대는 누렁개에게도

모자를 벗고
고개 숙인 뒤

사순절 밤에, 밤은

덜커덕거리는 덧문을 잠그는 것만은 아니다

낯선 방문객을 맞이하듯
외등을 켜러 나갔다가
이따금 공중으로 솟구치는 눈송이들의 모양과 빛깔이
제각기 다른 것을 발견하는 일만도 아니다

일부러 쿵쿵 발소리를 울리며
잠든 방들을 깨우고
집을 떠난 이들의 옷을 정리하다가
조심조심 입을 여는 가구들의 말을 엿듣는 것만도 아니다

끊임없이 깃털을 날리며 길게 울고 가는 날갯소리처럼
때 아닌 눈보라가 치는 금식(禁食)의 밤에
이제 혼자 남았다고 눈을 붉히는
밤이 할 수 있는 일은

저보다 훨씬 큰 누군가의 손을 잡고

눈보라를 뚫고 내려오는 하늘의 빈 바구니에
딱딱하게 굳은 찬밥 한덩이를, 찬밥덩이 같은 기도를 담아 올리고

내일이면 곰들도 통회하듯 울부짖을 떡갈나무숲의
초록의 깊이가 달라질 거라고 생각하면서
눈무덤이 되어가는
외딴집 한채를 바라보는 것만은

때늦은 청원

저희들이 불러 밤의 기사(騎士)들이 왔사오니

당신 비탄의 눈물로 태어난 자들이
당신 이름으로 찾아왔사오니

물을 주소서, 갈증으로 넘치는
밥을 주소서, 허기로 가득한

당신은 저희들 곁에, 또한 너무 멀리 계시니
강물의 지붕을 뚫고 솟구치는
불꽃나무들,
수장당한 별들과
갈가리 찢긴 땅의 날개들,

그들이 이르기를
돌거북을 새라 하고 형제를 적이라 부르고
들쥐떼를 왕으로 섬기라 하매

만삭의 여인들은 낮에도 울며 홍등을 켜나이다
늙고 병든 이들의 손은 제 뼈를 악기처럼 두들기나이다

저희들이 간절히 불러 저희들 속에서
검은 안개의 말을 타고
그들이 왔사오니

목마른 저희에게 갈증으로 넘치는 물을 주소서
배고픈 저희에게 허기로 가득한 밥을 주소서

촛불 미사

저희가 저희에게 가나이다

앞을 보면 문이 없고
옆을 보면 이미 부서진 망루의 밤

화염에 갇힌 영혼들의 말과 침묵을 넘어서
흩어진 재의 손들이
무덤 벽을 두드리는 소릴 들으며

저희가 저희를 찾아가나이다, 주여
저희는 사랑을 사랑했고
슬픔을 슬퍼했사오니

기도하소서,
당신을 위해 기도하소서, 주여*
저희를 빚으신 그 죄
옷을 찢으며 통회하소서

늘 저희를 잊고 있었던 저희가
늘 당신을 버리고 싶었던 저희가
캄캄한 울음을 촛불처럼 밝혀 들고 가나이다, 주여

저희의 발밑에는 허공이 있고
당신이 부르시는 곳엔 절벽이 일어서고 있나니

* 파울 첼란 「테네브라에(Tenebrae)」에서 변용.

창문을 비닐로 막고

빈 물통을 들여놓았지

꽃망울 얼어붙는 밤이 먼저 찾아오더군

짧게 깎은 머릴 만지며 빙긋 웃던 잠에서 깨어
못다 꾼 꿈을 물통에 쏟아냈지

파랑 물통은 빨강 물통이 되기도 했어 마술을 부리듯
옆구리에 물갈퀴가 난 천사의 모습을 보여주었지
그때, 밤은
처녀처럼 돌아앉더군

웃풍이 심한 방
창문을 비닐로 막은 건
새로 창문을 낸 것과 같은 일

손목에 실을 감고 숨을 잇는 여러날이 지나가더군

나는 가슴에 돌을 쌓고 그늘을 키우고
물통은 눈이 하나 생겨났지
오로지 저만을 지켜보는 사막 같은 눈

그 속에 들어가
주여 당신께서 주신 땅은 좋습니다!
화살기도를 바치고 싶었어

하지만 물통은 어느새 가득 차 있더군
신도 인간도
짐승도 아닌 것들의
무섭고 아름다운 목소리가 흘러나왔지

서쪽으로 다섯걸음

얼굴에 재를 칠하고 다섯걸음 가서 나뭇가지에 흰 띠를 묶었네 당신 뼈를 묻었네

내 팔은 내 몸에 있으나
당신의 것
내 노래는 목젖에 잠겨 있으나
또한 당신의 것

유월에, 유월 까마귀 소리에
열매 같은 속꽃을 피워 출렁대는
무화과 그늘
천리

마음을 다해도 갈 수 없는 곳이 있으니, 여기
무심한 듯 가지를 흔드는 나무에게도
꽃은 유곽이며
감옥이니

땅의 흙들이 고개를 쳐들어 아아, 입을 벌리고 붉은 실들이 끝없이 풀려나오고

다시 서쪽으로 다섯걸음 가서 머리털을 잘라 불태웠네
새끼 밴 암고양이와 눈을 맞추고 목을 베었네

춤을 추듯이, 나비춤을 추듯이

동행

아무리 불러도 대답 없는 사람들을 보았네

콩밭에 엎드린 머릿수건들과 신발을 터는 흙빛 손과 경운기 짐칸에 덜컹대는 첩첩 능선들과

목이 잠겨 가라앉는 냇물 속에
낯선 별 하나 떠오르고
동서남북이 사라지고

더는 깊어지지 않는 웅덩이들의
떨림, 떨림들

발바닥을 핥는 털북숭이 개와 연신 쫑긋대는 귀와 빨래들의 펄럭임과
밝아졌다 흐려졌다 멀어지듯 다가오는 것들을 보았지

그들을 맞이하듯 넓은 이파리를 펼치는 오동나무와
들끓는 달리아 꽃빛들과

거미들의 춤과

순식간에 지나가는 비, 망혼(亡魂) 같은 빗줄기들을

말이여, 너는

꽃무리 발견한 벌들이
반원을 그리는 꼬리춤을 추듯이

모과가 익을 때면
모과나무 가지가 뿌리 쪽으로 귀를 열고 출렁이듯이

말은
사랑과 먹이를 위한 것이라 한다

하지만 사람의 말은
때로 무용한 것,
지는 꽃과 피는 잎 사이에서
흐린 낯을 비추는 독백의 불빛이거나
바닥이 허공인
제 가슴을 향해 떨고 있는
질문의 칼날

날마다 내가 새로 배우고

또 잊어버리는,
어떤 간절함이 더듬더듬 입을 열게 하지만
나도 모르고 세상도 모르는
수수께끼의 말이여

너는
너에게
무슨 말을 하고 있느냐

제3부

건기(乾期)

옆방에서 들려오는 소리에 잠을 깼다. 12시 42분. 딱 딱 딸깍 딱 딸깍…… 낡은 텔레비전 채널 돌리는 소리 같았다. YTN 뉴스에서 프리미어리그 중계로, 패션쇼로, 다큐멘터리로, 어느 것도 볼만한 게 없다는 듯 채널을 바꾸는 소리. 쯧쯧, 저이도 꽤나 외롭고 심심한 모양이군, 흐트러진 이불을 고쳐 덮고 몸을 웅크렸다.

또 소리가 들렸다. 3시 18분. 술판이라도 벌어졌는지 병 따는 소리, 잔 부딪는 소리, 웃으며 수런대는 소리, 마침내는 낮은 신음 소리, 그 틈을 비집고 딱 딱 딸깍 딸깍 딸…… 텔레비전 채널 바꾸는 소리가 계속 들렸다. SOS 신호라도 보내듯이.

도대체 누구일까, 그치지 않는 저 소리의 주인은. 식당에서 만난, 얼굴에 털이 많은 독일인일까. 허름한 스웨터를 입고 쓰레기를 버리러 오던 중국인 부부일까. 한참을 궁금해하며 담배를 태우다가, 쌀을 씻어 전기밥솥에 안쳤다. 5시 2분. 문득, 바람의 냄새가 달라지는 건기에는 물가의 집을 허물고 사막으로 떠나간다는 아프리카들개가 떠올랐다.

아무도 살지 않는다고 했다, 1003호에는.

진부터미널 식당

시계만 쳐다보는
초로의 남자와
육개장 그릇을 물끄러미 내려다보는
앳된 파마머리 여자가 앉아 있었다

어디 먼 곳에 살러 간,
살다가 돌아오지 못한 마음들 있었을까
삼월인데 폭설 쏟아지고

산판으로 간다는 사내들은
제엔장, 티켓이나 끊자,
화투판을 벌이고

그사이 곰 그림자 몇 슬며시 들어와
4홉 소주를 단숨에 비우고 사라졌다

사행(蛇行)의 밤을 끌고 온 길들이
모였다가 헤어지는

진부터미널 식당

어떤 이는 흐린 불빛을 밀고 나가 한 세상을 일으켰고
어떤 이는 칼을 버리고 출가를 했지만

다 늦은 저녁을 먹으면서 나는
산나물 보따리를 꼭 안고 졸고 있는 노파의 쇠스랑손과
멀어도 너무 먼 꿈속 꽃빛을 더듬을 뿐

마침내 눈보라의 덫을 뚫고 막차가 왔다

산적 같은 기사도 허연 숨 내뱉으며
소주병을 깠다

산청에서 웃다

개 매달아 그슬던 자리에도
꽃은 피었다

쇠줄마냥 흔들리는 달빛 속에
붉은 혓바닥 늘어뜨린 내생(來生)이
질질 물똥을 흘리며
짖어쌓는데

그래도 착하게는 못 살겠다고
새끼들 밥은 멕여야 하지 않느냐며
헌 위벽에 술을 뿌리고 돌아서서
북두(北斗) 먼 별빛을 더듬어 찾는 손이여

겨우 다다른 곳이 처음 떠난 곳이므로
꽃들의 청정법신도 피투성이 신음 덩어리이므로

차라리 이빨에 쩡 쩡 금이 가겠는 자의
머리 희끗한

봄밤

이상한 모과

시장 좌판의 모과를 하나 방에 들였다 하필이면 돌대가리 부랑아 같은 것을, 어디에 둘까 망설이다가 저녁이면 잠깐 볕이 드는 책상 성모상 옆에 나란히 두었다 남의 생각이나 훔쳐온 날들의 악취를 좀 가려보자는 거였다 이런 알량한 속셈을 알고 있는지, 보름이 지나고 한달이 지나도 모과는 좀체 익지 않았다 제 가슴 찢어 빚어내는 그 가난하되 복된 고해(告解)의 향기를 누설하지 않았다 불을 꺼도 어두워지지 않는 낯선 기척들이 어른댈 뿐…… 모과가 있다는 사실마저 까맣게 잊고 있던 어느날, 대관령 첫눈 소식에 뒤척이던 새벽을 한 사내가 어깨 구부린 채 빠져나갔다 소리쳐 불렀으나 끝끝내 돌아서지 않는, 쾅, 문 닫는 소리가 얼음장이었다 그때부터 모과는 빠르게 익어갔다 우리가 밥을 벌고 새끼를 낳고 키우듯 애끓는 표정으로

독신자 숙소

누가
창문을 탁 탁 두드렸다

갈색 다람쥐 한마리
내 방을 살펴보고 있었다
뚜껑 열린 밥솥과 식어버린 커피와
TV를 켜둔 채 천장을 바라보는 중년의 오후를

아니었다, 돌아가신 아버지였다
아버지, 부르자
꼬리가 흔들렸다
이제는 떠돌이 남편이 익숙해진 아내였다
당신, 웬일이야? 묻자
작은 발이 다시 한번
탁, 소리를 냈다

물을 가득 들이켰다 화약 냄새가 났다

몇달째 묵묵히 서 있는 탁자에게
눈이 있음을 처음 보았다
자기의 끝으로 걸어가는 사람처럼
떨리면서 깊어지는

*

뒷산 무덤에라도 다녀와야 견딜 수 있는 날이 있지 소낙비 퍼붓는데 세상은 고요한, 달의 꽃잎 활짝 열고 맹수들이 뛰쳐나오는, 그런

가을도 없이 겨울이 왔다 무너지는 힘으로 서 있는 잡목들처럼

발등을 적시는 짧은 빗소리,
책상 위의 먼지들,
그이들을 먼 은하에서 찾아온 손님으로 모시며
빈 그릇 앞에서도 성호를 긋고

두 손 모아야 하는

고장난 시계

술 취해 잠들어도
성가(聖歌)를 이불처럼 덮고 잠들어도
눈뜨면 5시 27분,
다녀간 이 없는데
머리맡 물그릇 하얗게 비워지고
담뱃재 수북한

잠시 악몽을 꾸었을 뿐인데
뱃고동이 몇번 짧게 울렸을 뿐인데
5시 27분, 너는 왜 벌벌
떨고 있느냐, 구석으로 머리 박고 쥐처럼
숨으려 하느냐, 다시 잠들었다 깨어나도
5시 27분, 어둡지도 밝지도 않아
고독한 빛 속에서
총성이 터지고, 오
검둥 사냥개들이 불을 물고 질주하는

환풍구를 때리는

강풍 탓은 아니겠지, 그 소리 속에
나 지은 죄 많아 죽어서도 영혼이 없으리*
한 시인의 고백이 못질하듯 들려오는 탓은,
오랫동안 내가 꽃 피고 새 우는 날들을
낚시나 다니며
혼자 지낸 탓은, 설마

* 김종삼 「라산스카」에서.

늦게 온 봄을 피하지 못함

분도수도원 마당에 앉아
서로 뺨을 비비며
잇바디 고운 바람 소리 풀어내는
초록들을 보네

하늘이 처음 내려왔을 때 그 빛으로
땅이 처음 솟았을 때 그 냄새로

찰랑대는 봄볕 속에 무릎 끌어안고 앉아
조막손 햇잎들을 바라볼 뿐인데
명치를 짓누르는 통증들

어떤 큰 슬픔 속에서도 들키지 않는 사랑이,
사랑의 작은 입술들이 숨어 있어
이 햇볕, 초록들을 보내주고 있는지

내가 나기 전의 나와
세상이 있기 전의 한 세상을 생각하며

남의 것 같은 손을 멀리 내밀어 찾아보네
어제는 없었던 것들,
내일이면 사라질 것들의 반짝임을 안고
바람이 불어가는 곳을

이제 돌아갈 자궁이 내게는 없으니
나는 내 장례를 지켜볼 것이니

소만(小滿)

아침부터 화난 대걸레가 탕탕 때리든 말든
배꼽티 여학생들 몰려와 줄담배를 피우든 말든
늘 도서관 입구에 서 있는 겹벚나무
그냥 여기 있는 것만으로 좋다는 표정으로
조금씩 늦게 어긋난 톱니 이파리를 내밀지만
날개에 날개 돋듯 차오르는 꽃잎들은
한번도 보여준 적 없어
너두 참…… 부러진 가지에 입을 맞추자
순간, 삼킬 듯 빗줄기를 쏟아내던
순간, 달빛을 우산처럼 펼치던
저 늙은 나무가 오늘은
휘어진 나무줄기를 타고 올라가
가장 높은 가지 끝에서 확 트인 세상을 보고 있다
멀리멀리 흘러가는 초록 물결 휘파람을 불고 있다
나는 속은 거라, 속고 있는 거라
혼자 견디며 후회한 만큼, 꼭 그만큼
제 속을 빠져나온 그늘 아래 다리를 쭉 펴고
캔맥주 한잔 들이켜고 있다

잠깐 발가락이 공처럼 부푸는
낮잠도 한숨,

곤줄박이 소리처럼

스님은
오토바이에 개를 싣고 장 보러 가셨다

김밥 천원
호박죽 이천원
시락국 삼천원
포장도 됩니더
필요하신 분은 안에 들어오이소

삐뚤한 매직 글씨 안내판이
일주문처럼 서 있는
봉정사

꼭 손님 없는 유곽 같은 그 앞엔
연둣빛 풀꽃들이 피어서
보일락 말락, 노랑 꽃망울들 흔들려서

아침부터 싸움하듯 산 타고 온 사람들

일없이 등산화 끈을 풀게 하고
멋대로 우거진 잡목 숲을 집인 양 바라보게도 하고

실은 이런 게 사랑 아니겠나,
늙은 이끼 돌담을
불잉걸 손으로 오래 쓰다듬게 하는

오줌 줄기나 힘껏

암곡, 암곡에 가야겠다

온 세상 바람이 다 내게로 와 터질 때
한낮도 밤 같은 그 골짜기
절터에 가서

풍경이여, 너무 울어대지 마라
나도 수없이 나를 때리며 여기까지 왔다,
깨진 돌탑 하나
옆에 세워두고
잠이나 실컷 자야겠다

산짐승 발톱 같은 거
산짐승에게 뜯어 먹힌 까마귀 깃털 같은 거
마른 개울, 붉은 뼈, 뒤엉킨 칡덩굴 같은 거

머리와 가슴과 손이
서로 멀어지듯이

온 세상 바람이 다 내게로 와 터질 때

입구조차 깜깜한 당신
속을 걸어

얼굴 뭉개진 미륵불 향해
참았던 울음 같은
오줌 줄기나 힘껏 쏘아올려야겠다

불타는 굿당

햇빛 속에, 햇빛 환한 가랑비 속에
촛불들이 켜져 있어
촛불 켠 손은 오래전에 사라지고

돌들이 쏟아지고 있어 흰 돌들이
폭포처럼 쏟아져 내리다
잠깐 멈추고 있어

마음이 거처를 잃고, 노래가 가락을 잃었으니
세상은 우글우글
죽은 것들 그림자 들끓고

징 소리, 요령 소리
서서 밀려오는 바닷물 소리,
갑자기 터져나오는 홍소(哄笑) 같은 울음들
그 울음 뒤의
천산북로(天山北路) 같은 연기들

아무리 손을 뻗어도 만져지지 않아
숨도 숨소리도 들리지 않아

이토록 먼
저녁의
적막의 화염에 휩싸여 익어가는
모감주, 검은 열매들

낮술 몇잔

아니 왜, 회촌 개울 햇살들은
떠듬떠듬 책 읽는 아이 목소리를 내는지,
징검돌 위에 주저앉은 나는
담배나 한대 피워 무는 것인데

휴가를 얻어도 갈 데 없는
이 게으르고 남루한 생은
탁발 나왔다가 주막집 불목하니가 되어버린 땡추 같은 것,
맨 정신으로는 도무지 제 낯짝을 마주 볼 수 없어
마른 풀과 더불어
낮술 몇잔 나누는 것인데

아 좋구나, 이 늦가을 날
허물고 떠나야 할 집도 없는 나는
세상에 나와
낭끝 같은, 부서질수록 환한 낭끝의 파도 같은 여자의 눈을
내 것인 양 껴안은 죄밖에 없으니

산 자와 죽은 이의 숨소리가 함부로 뒤섞여
달아오른 바람을 마시면서
덤불의 새들이나 놀래켜 흩는 거라,
떨어지는 대추알들이며 그만큼 낮아지는 하늘들이며
수많은 헛것들 지나간 뒤에
잠시 커지는 물소리를 향해
큰절 올리는 시늉도 두어번, 괜히

그늘 평상

니들이 무슨 죄가 있겠노, 나가 놀아라, 판공성사 온 아이들 등을 떠밀곤 하는 산내성당 요셉 신부님은 옹기골 다락밭들이 새벽마다 불러내는 상일꾼인데, 이 이 이런, 주일 미사 때 가끔 지각을 하신단 말이야, 그래도 별 미안한 기색 없이 부활절 미사를 바치지 않아 주교님한테 혼난 얘길 자랑처럼 하시는데, 아니나 다를까, 올 성모승천축일에도 삼십분이나 늦게 와서는 싱글싱글 대머리 노총각 야고보와 베트남 신부 율리안나의 혼배성사까지 다 하신 뒤에, 미사 내내 꾸벅대던 손도 얼굴도 이 빠진 웃음소리도 새까만 어르신들 모시고 사거리 느티집 평상에 퍼질러 앉아 대낮부터 삼겹살 술판을 벌이는 것이다 오늘 같은 날은 하느님도 쉬신다며 맥주잔에 소주 가득 부어 돌리면서, 기웃기웃 칠뜨기 녀석에겐 터지도록 상추 한 쌈 싸주면서

시월이어서

여섯시가 되면 허공의 귀를 펄럭이며 붉은 코끼리떼가 독신자 숙소 앞을 지나가곤 한다 무덤을 찾아가듯 느릿느릿

혼자 밥을 먹는 저녁의 눈길이 스칠 때마다 누가 같이 먹는 것처럼 의자는 삐걱대지만, 그것은 너무 오래 서서 견뎌온 자의 몸에서 영혼이 빠져나가는 신호인 것을

그동안 나는 사라진 것들의 말에 매달려 살아왔구나, 나뭇가지들이 땅으로 휘어지는 밤의 귀퉁이를 돌아 환한 빛에 싸인 검은 기차가 달려오고 달려가고

오신들, 차마고도(茶馬古道)의 벼랑길을 건너 당신이 오신들, 없어라 차디찬 물 한그릇밖에는, 내가 있는 곳은 늘 나의 바깥을 떠도는 객지여서

숨 쉬는 것조차 죄가 되어서, 환속하는 바람의 이마에도 살얼음 서걱거려서,

이곳에 살기 위하여

남진우

> 봉쇄수도원 수사들은 잠들기 전에 신에게 마지막 기도를 올린다고 한다. "저에게 평안한 죽음을 주소서"라고. 그 기도를 마친 뒤에도 잠시 떨고 있을 입술들은 어떤 간절함으로, 보이지 않는 신에게, 그리고 캄캄한 입을 벌린 자신과 세계의 운명에게 다가가고 있을까?
>
> — 전동균 산문 「잠시 떨고 있는 입술」에서

1. 신성한 나무에게로

시인은 길 위에 있다. 길 위에서 시인은 사방을 둘러보며 자신이 걸어가야 할 방향을 가늠하고 지나온 세월을 헤아려본다. 길의 끝, 아득히 먼 소실점을 응시하며 시인은 자신이 지금까지 걸어온 길이 꿈의 한 장면이 아니었나 회고에 잠기기도 하고, 자기 주변에 펼쳐진 험준한 풍경을 보며 자신이 혹시 길을 잘못 든 것은 아닌가 회의에 빠지기도 한다. 길은 길에 연하여 끝없으므로 그의 여정은 끝이 없고, 길은 길을 잃어버렸다고 생각하는 순간 늘 다시 시작되므로 그의 방황은 매번 새로운 여정으로 이어진다. 전동균의 시는 이처럼 길 위에서 길을 가며 길을 추구하는 과정의 연속으로 이루어져 있다. 각각 이번 시집의 처음과 끝에 자리한, 그래서 마치 시집을 열고 닫는 역할을 하는 듯한 다음 시의 구절들은 시인의 이러한 정신세계를 잘 나타내준다.

그곳으로 가시지요 열매를 매단 채
새 이파리 피운
신성한 나무에게로

좀 멀긴 합니다 신발을 벗고 몰려오는 구름들과
물결치는 돌들의 골짜기를 지나야 하죠
땅속으로 꺼진 무덤들
시장 난전의 손바닥 같은
바람의 비문(碑文)을 읽어야 해요

—「먼 나무에게로」 부분

오신들, 차마고도(茶馬古道)의 벼랑길을 건너 당신이
오신들, 없어라 차디찬 물 한그릇밖에는, 내가 있는 곳은

늘 나의 바깥을 떠도는 객지여서

숨 쉬는 것조차 죄가 되어서, 환속하는 바람의 이마에
도 살얼음 서걱거려서,

—「시월이어서」 부분

「먼 나무에게로」에서 화자는 자신의 분신이나 다름없는 청자에게 멀리 있는 "신성한 나무"를 찾아 떠나자고 권유한다. 그 떠남은 일상의 회로에서 벗어나 다른 차원에 입장하는 것으로 평소와는 다른 시공간을 통과하는 과정을 포함한다. 그가 목표로 하는 장소는 "신발을 벗"어야 들어갈 수 있는 성소와도 같은 곳이며 "돌들의 골짜기를 지나야" 하는 것처럼 험난한 고통과 시련을 통과해야 도달할 수 있는 곳이다. 그곳은 "땅속으로 꺼진 무덤들"이나 "시장 난전의 손바닥 같은/바람의 비문(碑文)"이 지시하듯 죽음과 소멸의 분위기에 감싸인 지점이기도 하다. 이처럼 세상을 편력하며 무언가를 추구하는 존재를 화자는 "일생토록 쌀 닷 말 지고 가는 사람, 우리는/아침에 얼어붙은 강을 건넜으나/밤에도 강가에서 노숙하는 사람"(같은 시)이라고 규정한다. 무거운 짐을 지고 춥고 어두운 길을 가는 그에게 삶은 기나긴 노역이며 끝없는 인고의 세월일 뿐이다. 멀고 고단한 그 길 끝에 과연 그가 희구하는 "신성한 나무"가 존재할지 아니면 그마저 환각에 불과할지 그는 알지 못한다.

이렇게 멀고 아득한 곳으로 떠나기를 권유하며 시작한 이 시집은 「시월이어서」에서 끝없는 기다림의 무용함을 토로하며 끝을 맺는다. 그의 떠남은 실은 길고 긴 기다림이었으며 "당신"이 오실 그날에 대한 희원의 다른 표현이었다는 것이다. 「먼 나무에게로」의 떠남-여행에의 초대는 「시월이어서」의 환속으로 변주되면서 이 시집에 실린 시편 전체가 출세간과 입세간의 둥근 원환의 여정을 그리는 것으로 추정하게 만들지만 이 순환과 회귀의 운동은 실은 끝없이 제자리를 맴도는 환상방황에 다름 아니다. "내가 있는 곳은 늘 나의 바깥을 떠도는 객지"였다는 말은 그의 헤맴과 떠돎이 실은 그의 내면으로의 깊은 침잠임을 일러준다. 즉, 그는 멀리 나아가지만 그 반경은 자신이라는 광활한 우주를 넘어서지 못하며, 그는 오래도록 기다리고 있지만 그를 찾아오는 것은 자신의 또다른 환영적 분신에 불과하다. 나는 나의 바깥, 나의 객지이며 나의 끝없는 헤맴은 나를 향해 오고 있는 그 무엇에 대한 영원한 기다림이다. 외적으로 끝없이 유랑하며 떠도는 자는 내밀하게 한곳에 정주하며 무언가에 몰두하고 있는 자의 다른 모습이다. 이 시인의 순례적 상상력의 이면에는 이처럼 자아의 존재론적 변용(ontological transmutation)을 꿈꾸는 고독한 영혼의 명상이 있다.

「먼 나무에게로」에서 "신성한 나무"를 찾아가는 구도의 여정을 "살얼음을 밟듯 지옥의/별자리를 건너"온 것으로 묘사한 화자는 「시월이어서」에서 환속의 그 순간 "숨 쉬는 것조차 죄가 되"고 "바람의 이마에도 살얼음 서걱거"린다고 고백함으로써 자신이 여전히 춥고 고단한 고행의 길을 가는 중임을 암시한다. 설령 "당신"이 "벼랑길을 건너" 어렵게 귀환한다고 해도 그가 환대하며 내놓을 수 있는 것은 "차디찬 물 한그릇밖에" 없다. 이 전언 속에 담긴 쓸쓸함과 허허로움은 그의 여정이 영원히 반복되어야 할 슬픈 과업임을 시사한다. 길 위에 선 존재(Homo viatro)로서 어느 한 곳에 정착하지 못하는 그는 영원히 도정(道程)에 있으며 도중(途中)에 있다. 그에게 휴식과 평안은 예비되어 있지 않고, 종결이나 해답은 끝내 주어지지 않는다. 그럼에도 불구하고 화자의 추구는 중단되지 않으며 영혼의 순례는 계속 이어진다.

아무것도 없을지 몰라요 그곳엔
다람쥐가 뱀을 잡아먹고 사람이 사람을 불태울지 몰라요
하늘로 하늘로 이파리들 펄럭일 때
누군가는 하염없이 오체투지 하는지도

쉿! 아무 말 하지 마세요
모르는 척 기다려야 해요
그이들도 가슴에 통곡을 넣고 왔을 테니까
살얼음을 밟듯 지옥의
별자리를 건너왔을 테니까

아흔아홉 설산 너머 무지개공원의 늘 푸른 나무
공원보신탕 입구 개사슬 묶인
으렁 으렁 먼나무

—「먼 나무에게로」 부분

그렇다면 이 시집을 관통해서 화자가 그토록 가고자 한 그곳, 거기 있다는 "신성한 나무"는 무엇을 가리키는가. 시집 맨 앞에 실린 시의 후반부에서 화자는 낭만적 아이러니를 동원하여 그토록 간절한 희구의 대상이자 도달의 장소였던 것/곳을 한순간에 잔인하게 무화시켜버린다. 현실을 초월하여 아득히 멀리 존재하는 것으로 여겨진 "신성한 나무"는 고작 유원지 보신탕집 입구에 개를 묶어놓은 나무에 지나지 않는 것이다. 이상적인 동경의 대상을 비루한 현실적 대상과 겹쳐놓은 이 구절에는 단순한 시적 반전의 충격을 넘어서, 이 시인의 근원적 세계관, 곧 허무와 달관이 복합된 비극적 세계인식이 깃들어 있다. 시인은 자신의 추구의 불가능성을 선험적으로 예감하고 있으며 그 결과의 불모성을 이미 인지하고 있다. 그러나 그는 자신의 추구를 단념하지 않을 것이며 자신에게 주어진 운명으로서의 과업을 회피하지도 않을 것이다. 비록 그가 평생에 걸쳐 동경한 "신성한 나무"가 개사슬 묶어놓던 나무에 불과하다고 해도 이것이 자신의 꿈을 포기해야 하는 이유가 되지는 않는다. 그 나무의 현상적인 모습이나 용도와 상관없이 그것이 어느 순간 신성이 강림하는 특별한 존재가 되지 말라는 법은 없기 때문이다. 수많은 신화와 전설이 말해주듯이 사소하고 미천한 지상적 존재에서 문득 신이 현현하는 자리로 탈바꿈하는 기적이 일어날 수도 있다.

일상적 존재였던 공원 한편의 나무에 신성이 현현하는 순간 그 나무는 성서의 창세기에 나오는 생명의 나무(the tree of life)가 될 수도 있고 복음서에 나오는 십자가의 나무(the tree of the cross)가 될 수도 있다. 지하의 어둠에 뿌리를 두고 있으면서 지상에서 천공을 향해 뻗어나가는 이 나무는 세계의 중심이자 축도인 우주수(宇宙樹)를 상징할 수도 있다. 그 앞에서 어떤 이는 "사람이 사람을 불태"우는 인신공희의 번제를 올리는가 하면 또다른 이는 "하염없이 오체투지 하"기도 한다. 자신들이 신성하다고 믿고 있는 대상에 이처럼 개별적으로 반응하는 사람들에게 그 나무의 실체가 고작 개사슬 묶는 말뚝에 지나지 않는다고 알려주는 것은 아무런 소용이 없는 일이다. 이들이 나타내는 무한한 경외감은 현실적 정보에 기초한 것이 아니라 그들이 거쳐 온 수난의 세월, "가슴에 통곡을 넣고" "지옥의/별자리를 건너"와야 했던 사람들의 실존적이고 역사적인 고통에 근거하고 있기 때문이다.

세속과 신성은 전혀 다른 별개의 차원에 존재하는 것이 아니라 같은 종이의 양면처럼 서로 붙어 있으며, 영속적으로 고정돼 있는 것이 아니라 매순간 순회 변전한다. 그런 의미에서 이 시의 마지막 구절에 나오는 "으렁 으렁"이라는 의성어는 주목을 요한다. 이 소리는 환유적으로 그 나무에 인접해 있던 개가 내지르는 비천한 동물적 소리인 동시에 은유적으로 그 나무에 내린 신의 현존을 반향하는 거룩한 천상의 음향일 수도 있다. 동서양의 수다한 가부장적 신이 천둥이나 벼락으로 자신의 출현을 고지한 데에서 알 수 있듯이 그 나무는 은밀하게 자신의 권능을 드러낼 순간을 모색하는 중인지도 모른다.

불경한 속인들의 세상에서 사람의 손길이 닿지 않는 저 먼 곳의 신성을 꿈꾸는 것은 자칫 기만적인 환상으로 귀착되기 쉽다. 그러기에 시인은 신중하면서도 겸허하게 자신의 절대에 대한 동경 이면에 허무와 상실이 도사리고 있음을 놓치지 않고 전하고 있는 것이다. 현실과 이상, 유한성과 무한성의 대립이 종국에 하나로 수렴되는 데에서 발생하는 낭만적 아이러니는 현실세계에 대한 모순된 인식의 소산으로서 이상세계에 대한 동경과 환멸이 동시적으로 교차한다. "신성한 나무"를 향한 순례는 결국 황폐한 천국, 퇴락한 낙원에 도달하는 것으로 끝날 수밖에 없다.

2. 멀리서 오신 손님

이처럼 이 시인의 시세계는 일상의 균질적인 시간과 그 시간의 지평을 넘어 손짓하는 초월의 부름이라는 이원적 요소의 대립으로 축조되어 있다. 반복적 일상에 갇혀 본래적 자신을 상실하는 삶을 살아야 하는 운명이 주는 중압감과 환멸이 한편에 자리하고 있다면 다른 한편엔 거기로부터 벗어나 그가 동경하는 세계로 나아가고자 하는 꿈과 그 꿈을 이루기 위한 고투가 자리하고 있다. 그래서 그의 상상의 여정은 천상을 향한 동경과 심연으로의 추락이라는 수직적 구도를 지상에서의 방황/기다림이라는 수평적 궤적으로 치환한 동선을 그린다.

이런 시적 구도를 파악하기 위해선 먼저 일상으로부터 그를 호출하는 다른 세계의 신호에 대해 알아볼 필요가 있다. 범용한 일상의 한순간, 저기 '나' 밖에 있는 무엇이 '나'를 향해 다가온다. 천둥이나 벼락처럼 그것은 일상의 흐름을 끊고 '나'에게 충격을 가하며 '나'를 일상 바깥으로 끄집어낸다. 「먼 나무에게로」에서 암시적으로만 그 모습을 드러낸 이 사나운 천공신이 다음 시에서는 보다 직접적이고 과시적으로 자신을 드러낸다.

호랑이, 흰 호랑이가 달려왔어

그때 나는 늦은 점심을 먹고 있었지 짜장면을 먹으며 책상 밑에 얌전히 놓인 구두를 바라보고 있었어 초원을 내달리는 무소였던, 태양의 콧김이었던, 손을 흔들며 환호하는 강물들, 달려도 달려도 끝없는 지평선이었던 낡은 구두의 한생을 생각하다가 나도 모르게 목이 메었어 미안하다, 사과하고 싶었어 그 순간,

해가 사라지고 유리창의
눈꺼풀이 떨리며 닫히고 어디선가
낯선 바람이 불어오고

흰 호랑이가 달려와 내 얼굴을 물어뜯고
가슴을 파헤쳤어 순식간에
피범벅 된 나를 세상 밖으로 내팽개치는

번개의 무늬들

—「오후 두시의 벚꽃잎」 전문

늦은 점심을 먹던 화자의 눈에 문득 책상 밑에 놓인 구두가 들어온다. 그 구두는 지금은 비록 낡았지만 한때 초원을 내달리며 자유롭게 세상을 편력하던 기억을 되살려낸다. 그러나 그것은 일상의 수인(囚人)으로 사는 화자에게는 전생의 기억처럼 희미하고 아득한 꿈일 뿐이다. 그 순간 그를 에워싸고 있는 시공간에 미묘한 변화가 생기며 그는 갑작스럽게 "흰 호랑이"로 표상된 사납고 거센 힘에 휩쓸리게 된다.

어느 순간 불현듯 나타나 화자를 뒤흔들고 그를 타성적 현존 바깥으로 끌어내는 강렬한 힘, 이 시에서 "흰 호랑이"로 표상된 이 신성하면서도 폭력적인 힘, 그것은 저 멀리 바깥에서 온 다른 세계의 전령이다. 이 야성의 광폭한 힘은 화자를 의사(擬似) 죽음의 상태로까지 내몬다. 그는 "피범벅 된" 채 "세상 밖으로 내팽개"쳐진다. 이 에피파니(epiphany)의 순간 그는 현실을 벗어나 다른 차원으로 이주한다. 제목이 암시하는 바에 따르면 방 안으로 달려들어 온 호랑이는 실은 여린 벚꽃잎에 지나지 않는다. 그러나 범상한 사물이 일상에 균열을 내며 화자를 압도하는 순간 그는 상징적 죽음을 겪게 된다. 벚꽃잎은 "흰 호랑이"이며

"번개의 무늬"로서 찰나적인 신의 현전을 암시한다.

그 신은 강력하면서도 위협적인 존재이다. 중세 설화에 따르면 사막이나 높은 산의 동굴에서 은둔하며 수도하던 옛 성자들은 가끔 오후의 '악마가 나타나는 시간'이라는 특이한 현상을 경험하곤 했다. 극도의 금욕과 고행 속에서 묵상하던 그들은 오후의 한순간 혼수상태에서 악마적인 신과 만나 밤의 왕국에 입성하는 환상을 겪는다. 자신을 뛰어넘는 존재와의 대면은 종종 자신이 산산이 부서져 조각나는 체험을 동반하며, 신이 지닌 악마적 성향에 압도된 자아는 여지없이 해체되어 광기의 문턱에까지 도달하기도 한다. 또다른 시에서 "우리의 마지막 얼굴, 그건 벼락 맞은 짐승이지"(「흰 고양이가 울고」)라고 한 것처럼 지상적 존재는 연약하고 미소하기 이를 데 없으며 자신의 과오와 불의를 심판하는 신의 무기 앞에 항상 노출돼 있다. 그 신은 한없이 가까우면서도 한없이 먼 절대타자(the wholly other)로서 일상적 자아를 상징적 죽음과 부활의 극적 순간으로 내몬다. 이런 악마적 힘과의 조우가 한낮에만 이루어지는 것은 아니다. 때로는 깊은 밤 달에서도 이런 낯선 짐승이 뛰쳐나오는 순간이 있다. 한밤중에 느닷없이 "쉰개쯤의 달이 한꺼번에 굴러와 가슴을 무너뜨리"(「느닷없이 달이 쉰개쯤 굴러오는」)기도 하는 것이다.

뒷산 무덤에라도 다녀와야 견딜 수 있는 날이 있지 소낙비 퍼붓는데 세상은 고요한, 달의 꽃잎 활짝 열고 맹수들이 뛰쳐나오는, 그런

—「독신자 숙소」 부분

이런 예기치 않은 낯선 방문객은 그의 존재를 뒤흔들고 사물을 바라보는 시선에 근원적 변화를 가져온다. 정적인 식물 이미지에서 돌연 동적인 동물 이미지로 비약하는 이 시인의 상상력은 자연이 지닌, 신성하면서도 야만적이고 모성적이면서도 파괴적인 양면성을 예시하고 있다. 이때의 벼락-맹수는 단지 자기해체를 가져오는 공포의 대상인 것만은 아니다. 이 금강의 번갯불은 인간 속에 내재한 악을 무너뜨리고 정각(正覺)의 길로 인도하는 사자(使者)이기도 하다. 침묵의 순간, 정적 속에서 이루어지는 이 불가해한 힘과의 조우는 화자의 무의식적 갈망에 대한 신성한 존재의 응답이라 할 수 있다. 그가 신성을 찾아 먼 곳으로 간다는 것은 역으로 신성한 존재가 먼 곳에서 손님처럼 그를 찾아온다는 전도된 형식을 취하며 나타난다.

꽃이 오고 있다

한 꽃송이에 꽃잎은 여섯

그중 둘은
벼락에서 왔다

(…)

제 발자국을 지우며 걸어오는 것들
아무 데도 누구에게도
속하지 않는 것들

—「뒤」 부분

여기서도 꽃-꽃잎은 벼락 이미지와 연결돼 있거니와 이 시인에게 꽃은 단지 심미적 완상의 대상이 아니라 때로 무섭고 경이로운 신의 강림으로 체험된다. 꽃을 보며 "밤과 해일과/절벽 같은 마음을 품고/깊어지면서 순해지는/눈동자의 빛"이라는 표현이 가능해지는 것은 그 때문이다. 이어지는 "멀리 오느라 애썼다"(같은 시)라는 화자의 영탄은 한 송이 꽃이 피는 데 걸린 오랜 시간을 공간적 이미지로 치환한 것으로서 꽃이라는 가시적 존재에 응축된 간난의 세월을 암시한다. 그럼에도 꽃은 그런 고통의 흔적을 일절 내비치지 않으며 오직 고고한 아름다움으로 세상에 현신한다. 그 꽃-꽃잎은 "제 발자국을 지우며 걸어오는 것들"이며 "아무 데도 누구에게도/속하지 않는 것들"이란 구절이 말해주는 것처럼 무한한 자유를 나타내는 존재이다(유한한 피조물인 인간으로서는 신의 신비의 전모를 파악하는 것은 불가능하다. 그가 접근할 수 있는 것은 다만 제한적인 신의 이미지, 즉 신이 남긴 흔적이나 멀어져가는 신의 뒷모습일 따름이다.「뒤」라는 제목은 바로 이러한 점을 시사한다).

먼 곳으로 가는 여정이 험난한 것이듯 먼 곳에서 지금 이곳으로 현전한 존재 역시 수많은 시련의 고통을 통과한 다음 겨우 도달한 것이다. 물론 이 시인에게 이런 에피파니의 순간이 모두 폭력적이고 거세적인 외계의 정체불명의 힘의 내습으로만 체험되는 것은 아니다. 때로 그는 일상에서 온화하게 혹은 은밀하게 마주하게 된 다양한 존재나 징후들에서 자신을 찾아온 손님의 모습을 발견하기도 한다.

저절로 치켜진 맨 윗가지에
배밀이하는 아기 손톱의 분홍, 분홍 하늘을 모시고 섰는
엄광산 계곡 꽃나무

멀리서 오신 손님 같았어요
하룻밤만 묵고 먼 데로 떠나실 것 같았어요

—「사랑의 둘레」 부분

옆방에서 들려오는 소리에 잠을 깼다. 12시 42분. 딱 딱

딸깍 딱 딸깍…… 낡은 텔레비전 채널 돌리는 소리 같았다. (…)

또 소리가 들렸다. 3시 18분. 술판이라도 벌어졌는지 병 따는 소리, 잔 부딪는 소리, 웃으며 수런대는 소리, 마침내는 낮은 신음 소리,

—「건기(乾期)」 부분

발등을 적시는 짧은 빗소리,
책상 위의 먼지들,
그이들을 먼 은하에서 찾아온 손님으로 모시며

—「독신자 숙소」 부분

저 멀리서 그를 향해 오고 있는 것, 그것은 꽃이며 꽃잎이며 햇살이며 잠시 들리다 그친 "짧은 빗소리"이며 "책상 위의 먼지"이다. 때로는 산길에서 마주친 청설모가 그에게 말을 걸기도 하고(「말하는 청설모를 본 적 있니?」), 다람쥐가 그의 숙소 창문을 두드리기도 한다(「독신자 숙소」). 혹은 귀신들이 그의 주변을 배회하다 "SOS 신호라도 보내듯이"(「건기(乾期)」) 밤새도록 소리를 내다 가기도 한다. 귀신이나 헛것의 형태로 그의 주변을 맴도는 다른 세계의 전령들은 화자의 마음을 산란하게 하면서 삶과 존재의 의미에 대해 다

시금 궁극적 질문을 던지도록 만든다. 이처럼 다양한 형태로 찾아오는 외부의 신호 앞에서 화자는 동경에서 좌절을 거쳐 깊은 슬픔에 이르기까지 다채로운 반응을 내보인다. 특히 꽃-이파리-열매를 동반한 식물 이미지는 보다 투명하고 평온한 시선으로 주변의 삶을 돌아보게 만드는 힘을 행사한다. 굳이 번개나 벼락 같은, 자신의 삶에 일대 파문을 일으키는 계시적 체험을 수반하지 않더라도 꽃이 주는 감각적 희열은 삶을 갱신하는 다시없는 원동력으로 작용한다. 서정시인으로서 이 시인의 자질을 가장 잘 드러내주는 '꽃 시편'에서 이런 측면을 생생하게 엿볼 수 있다.

오동꽃이 피었다 마당에
가슴뼈 같은 줄을 내걸고 이불을 펼쳐 널었다

먹고살 생각, 여자 생각에 뒤척이던 밤들이 놀라 두리번대다가 이내 공손해진다

모든 빛을 삼키고 내뿜는 자줏빛 불이 타오른다는 건
흙들이 술렁인다는 뜻,

—「청명」 부분

신록 우거진 애장터 같은

마음의 끝에
기쁨은 기쁨으로 슬픔은 슬픔으로 잘 삭힌
보랏빛, 연보랏빛
편종 소리 들려왔으니

—「등꽃 오실 때」 부분

꽃은 지상에 생명의 호흡을 불어넣음으로써 그 주변을 생동하게 한다. 그런 점에서 꽃이 피는 것은 계절의 리듬에 따라 만물이 추는 춤과 같다. 유한한 존재가 한정된 시간에 현시하는 조화로움과 아름다움은 보는 이로 하여금 삶의 덧없음을 넘어선 무한의 세계에 대한 감각을 일깨운다. 꽃을 보는 것은 지상의 사물 안에서 신성의 광휘를 보는 것과 같다. 이런 관점에서 생각하자면 먼 곳에서 오는 신호를 기다리는 것과 일상적 삶을 변함없이 살아내는 것은 생각만큼 그렇게 분리돼 있는 것이 아니다. 꽃이 주변에 퍼뜨리는 생기를 보고 느끼며 화자는 "자줏빛 불이 타오른다"고 하는가 하면 "편종 소리 들려"온다고 말한다. 이 공감각적인 이미지들은 인간이 동물적 생존을 넘어 세계에서 만날 수 있는 작은 은총의 산물이다. 그러기에 시인은 "꽃밭의 꽃들 앞에 앉아 있게 해주세요/꽃들이 피어 있는 동안은"(「우리처럼 낯선」)이라고 짐짓 순진함을 가장한 부탁의 말을 남기기도 한다. 삶의 무상함 앞에서 꽃이 주는 위안은, 이 시인의 경우, 그 무엇과도 바꿀 수 없을 만큼 소중한 것이기 때문이다. 그 순간 시인은 비록 허물 많은 생이고 죄로 가득한 세상이지만 이 소소한 행복이라도 계속 유지될 수 있도록 해달라고 기도하는 것이다.

3. 이 밤의 장막 너머

이러한 천상을 향한 동경의 대극점에 지상의 어둠에 갇힌 존재가 내뱉는 탄식이 자리 잡고 있다. 신의 초월적 현전은 순간에 그칠 뿐이며 인간은 신성한 의미를 박탈당한 세계에 오래도록 버려져 있다. 초월적 차원을 상실한 사람들에게 주어진 것은 우연성·유한성·비자율성이라는 실존의 근본적 조건일 뿐이다. 고통과 죽음의 어두운 심연에 던져진 채 화자는 거듭 자신의 존재의 의미를 묻는다. 이때 앞에서 이야기한 먼 곳을 향한 '동경의 시편' 대신 자신의 실존적 불행에 대한 '비탄의 시편'이 씌어진다. 이 시인 특유의 맑고 투명한 서정과 관조의 언어는 자취를 감추고 비통한 영혼의 부르짖음이 시의 행과 연을 비집고 터져나온다.

이제는 말해다오, 하늘로 몸을 감는 덩굴잎들아
파로호의 찌불들아

울어도 울어도 캄캄한 이 밤을
이 밤의 장막 너머
잘린 말 대가리들이 쏟아지는 허공의 또다른 밤을

한때 여기에도 사람이 살았어, 단검처럼
옆구리를 찌르는 물결들, 숨 내뱉는 순간
얼어붙는 바람을 삼키는
바람의 입들, 끝내

울지 않는 새들아, 말해다오, 이 밤의 장막 너머
잘린 말대가리들을 싣고
트럭이 질주하는
사막, 안개바다, 처녀의 피,
그곳의 오직 하나인 밤을

물고기가 강의 고통을 기억하듯, 우리가
우리의 죄를 껴안아야 하는
재의 수요일이 오기 전에, 내 얼굴을 찢고
기린의 혓바닥이 튀어나오기 전에

—「단 한번, 영원히」 전문

뛰어난 종교적 시의 선례가 충분히 축적되었다고는 볼

수 없는 우리 시의 전통에 비춰볼 때 상당히 이색적이라 할 만큼 이 시는 어조나 이미지의 전개에 있어 돌연한 감이 있다. 단말마의 비명과 그로테스크한 이미지가 넘쳐나는 이 시는 죄의 속박에 사로잡혀 사는 존재의 불안과 동요를 통렬하게 드러내고 있다. 신은 폐위되었고 세상은 깊은 어둠에 덮여 있다. 그런 의미에서 이 작품은 신의 주권적 현존이 불가능해져버린 후그리스도 시대(post-Christian era)를 살고 있는 세계의 주민이 토해낸 고해의 언어라고 할 수 있다. 화자가 거듭 호명하는 "덩굴잎들"이나 "찌불들"이나 "울지 않는 새들"은 사실 구체적 지시대상이 부재한 가상의 존재들에 불과하다. 각각 식물·광물·동물을 대표한다고 할 수도 있고 지상·지하(수중)·천상을 환기시킨다고 볼 수도 있는 이러한 존재들은 다만 화자가 자신의 고뇌와 죄의식을 토로하기 위해서 불러낸 환영일 뿐이다. 따라서 이 호명은 최종적이지 않으며 무한히 증식될 수 있다. 화자가 거듭 자신이 호명한 대상들에게 말해달라고 하는 것은 거꾸로 그가 살아오는 동안 절실히 듣고 싶었던 응답을 그 누구도 전해주지 않았기 때문이다. "잘린 말 대가리" "사막" "안개바다" "처녀의 피" "기린의 혓바닥" 등 시행을 가르며 튀어나오는 이질적인 존재들은 세계의 밤을 증거하는 다수성의 우글거림을 나타낸다. 논리적 맥락에서 단절된 이들 단편적이고 불연속적인 이미지들은 세계에 대한 그 어떤 신

념도 구축하지 못한 인간이 응답 없는 우주 앞에서 느끼는 절망과 불안을 지시한다.

계속 점층적으로 반복되는 "캄캄한 이 밤" "허공의 또다른 밤" "이 밤의 장막 너머" "오직 하나인 밤" 같은 표현은 그가 처한 영혼의 궁지, 어두운 밤을 말해준다. 그 어둠은 창세기에 "땅이 혼돈하고 공허하며"라고 묘사된 그 태초의 어둠이자, 복음서에서 십자가의 예수가 돌아가시자 몇시간 동안 온 땅에 임한 흑암의 어둠이기도 하다. 그것은 멸망이 예정된 운명의 소유자들이 보는 묵시적 환상이다. 이처럼 어둠속에 매몰된 채 그는 실존의 '소음과 분노'로 가득 찬 심연을 대면하고 있다. "내 얼굴을 찢고/기린의 혓바닥이 튀어나오기 전에"라는 초현실주의적 이미지는 죄와 속박에 사로잡힌 존재가 시도하는 자기파괴를 통한 구원에의 열망의 도저함을 말해준다. 그는 애통해하는 자이며 삶의 의미에 주리고 목마른 자이다. 신성한 존재나 영적 세계가 또 하나의 허구가 되어버린 시대에 삶의 근원적 의미는 부정되거나 역설적인 질문의 형태로만 표출된다.

내가 장미라고 불렀던 것은 하이에나의 울부짖음이었다
내가 나뭇잎이라고 불렀던 것은 외눈박이 천사의 발이었다
내가 비라고 불렀던 것은 가을 산을 달리는 멧돼지떼,

상처를 꿰매는 바늘

수심 이천 미터의 장님 물고기였다 내가 사랑이라고, 시라고 불렀던 것은

항아리에 담긴 바람, 혹은 지저귀는 뼈

—「내가 장미라고 불렀던 것은」 부분

물고기는 왜 눈썹이 없죠? 돌들은 왜 지느러미가 없고 새들이 사라지는 하늘은 금세 어두워지는 거죠? 저토록 빠른 치타는 왜 제 몸의 얼룩무늬를 벗어나지 못하나요? 매머드라 불리던 왕들은, 맨 처음 씨앗을 뿌리던 손은 어디로 갔나요?

—「우리처럼 낯선」 부분

「내가 장미라고 불렀던 것은」에서 그가 부른 이름은 항상 그 대상을 비켜가며, 「우리처럼 낯선」에서 그가 던진 질문은 영원히 그 대답을 알 수 없는 것들이다. 시인이 다른 시에서 "하지만 사람의 말은/때로 무용한 것,/지는 꽃과 피는 잎 사이에서/흐린 낯을 비추는 독백의 불빛이거나/바닥이 허공인/제 가슴을 향해 떨고 있는/질문의 칼날"(「말이여, 너는」)이라고 한 것처럼 언어는 그것에 잠재된 가능성에도 불구하고 세상의 본질을 충분히 드러내거나 제대로 재현해 주지 못한다. 기호와 지시대상은 항상 어긋나며 기표는 정

박점을 찾지 못한 채 끝없이 표류한다. 격정과 광기로 충전된 이런 이미지들은 세상의 공허함과 언어의 모호함 사이에서 방황하는 시인의 내면을 반영하고 있다. 이처럼 깊은 어둠속을 헤매며 존재의 비통함과 참담함을 노래하던 시인의 언어가 드물게 온전한 기도의 형태에 도달할 때 다음과 같은 시가 탄생하게 된다.

저희가 저희에게 가나이다

앞을 보면 문이 없고
옆을 보면 이미 부서진 망루의 밤

화염에 갇힌 영혼들의 말과 침묵을 넘어서
흩어진 재의 손들이
무덤 벽을 두드리는 소릴 들으며

저희가 저희를 찾아가나이다, 주여
저희는 사랑을 사랑했고
슬픔을 슬퍼했사오니

기도하소서,
당신을 위해 기도하소서, 주여

저희를 빚으신 그 죄
옷을 찢으며 통회하소서

늘 저희를 잊고 싶었던 저희가
늘 당신을 버리고 싶었던 저희가
캄캄한 울음을 촛불처럼 밝혀 들고 가나이다, 주여

저희의 발밑에는 허공이 있고
당신이 부르시는 곳엔 절벽이 일어서고 있나니

—「촛불 미사」 전문

이 시는 신이 부재한 세계에서 신을 찾는 인간이 치르는 언어의 성례전(聖禮典)이라 할 수 있다. 파울 첼란의 「테네브라에(Tenebrae)」에 대한 오마주이자 패러디인 이 작품에서 화자는 자신의 무죄성을 주장하기보다는 신의 유죄성을 선언하는 당돌함을 선보이고 있다. 비극적인 현실 앞에서 자신의 죄를 고백하고 통회하는 것이 아니라 오히려 그러한 인간을 창조한 신의 과오를 탄핵하고 신 자신의 통회를 요구하고 있는 것이다. 절망의 깊이가 곧 시의 깊이일 수는 없겠지만 이 시에 표백된 시인의 부정적 신관(神觀)과 인간관—인간/신은 서로에게 모두 유죄다—은 그 준엄함만큼이나 깊은 공감을 불러일으킨다.

이 시에서 화자로 설정된 "저희"는 지상에 유배당한 자들이며 종말 이후를 살고 있는 자들이다. 그들을 지켜주던 문과 망루는 부서졌고 사방은 화염에 덮여 있다. 음울한 죽음의 세계를 방황하며 자신을 구원하지 못하는 무력한 신에게 항의하고 있는 화자는 그러나 실은 이 모든 수난과 고통이 자신에게서 유래한 것임을 너무나 잘 알고 있다. 신에게 "옷을 찢으며 통회하소서"라고 하는 신성모독적인 외침은 현재 그가 신 앞에서 아무리 옷을 찢으며 참회해도 결코 구원받지 못하리라는 냉엄한 현실인식에 기반한 것이다. 따라서 그가 "캄캄한 울음"으로 밝혀 든 촛불은 희망 없는 세계에서 시인이 마지막으로 켜 든 언어의 불빛이자 그가 받아든 마지막 성찬일 것이다. 여기 그려진 신은 공의로운 진노와 심판의 신도 아니고 사랑과 자비의 화신도 아니다. 신의 죽음에 대한 풍문이 전해진 지 오래된 지금 세계로부터 철수해서 숨어 있는 신을 향해 던지는 시인의 항변에는 분노와 회의를 넘어선 간절함이 담겨 있다.

신의 입장에서 보자면 인류 역사는 배덕과 패륜의 역사라고 할 수 있다. 그럼에도 불구하고 성육신(成肉身)의 기적이 말해주는 것은 인간이 신을 추구하듯 신은 인간을 추구하고 있다는 것이다. 인간을 향한 신의 추구는 인간의 절망이 극대화되는 곳에서 터져나오는 절망적인 외침을 통해 드러난다. 다음 시에서 시인은 예언적 시행을 통해 시가 다시 한번 현대의 묵시록이 되어가고 있음을 말해준다.

저희들이 불러 밤의 기사(騎士)들이 왔사오니

당신 비탄의 눈물로 태어난 자들이
당신 이름으로 찾아왔사오니

물을 주소서, 갈증으로 넘치는
밥을 주소서, 허기로 가득한

당신은 저희들 곁에, 또한 너무 멀리 계시니
강물의 지붕을 뚫고 솟구치는
불꽃나무들,
수장당한 별들과
갈가리 찢긴 땅의 날개들,

—「때늦은 청원」 부분

이 시는 임박한 묵시적 종말을 앞에 둔 자의 기도 형태를 취하고 있다. 화자는 자신의 기도가 아무런 소용도 없다는 것을 알고 있다. 그가 신에게 어떤 간구를 하든 그것은 제목 그대로 너무 "때늦은 청원"이 될 것이기 때문이다. 세상의 종말을 고지할 묵시록의 네 기사가 이미 박두했으니

더이상 인간에게 음미하고 향유할 시간적 여유는 주어지지 않는다. 신에게 "갈증으로 넘치는 물"과 "허기로 가득한 밥"을 달라고 하는 반어적 표현에는 신과 인간 사이엔 깊은 심연이 자리하고 있으며 이런 현상을 되돌릴 그 어떤 방도도 없다는 인식이 관류하고 있다.

하지만 심미적이라기보다는 예지적인 이들 시편들에서 토로된 절망의 언어는 비신성화가 완료된 지금 이곳의 세계로 계속 신을 소환해들이고자 하는 절박한 시도라는 점에 그 가치가 있다. 하느님은 오직 하느님의 부정을 통해서만 드러나며 구원의 약속은 오직 버림받음 가운데에서만 드러나는 것이라면 지상의 인간은 마지막 순간 마지막 일초까지 기도하는 것을 그칠 수 없을 것이다. 이제는 망각된지 오래인 시인의 사제적 기능을 새삼 되풀이하는 그의 언어는 신으로부터 끝없이 도주하는 것을 능사로 알고 있는 현대문명의 추세를 향해 던져진 의미있는 경고이다.

4. 조용한 열매들의 눈

지금까지 살펴본 대로 전동균의 시에는 천국과 지옥이라는 전혀 상반되는 방향을 향해 나아가는 정신의 움직임이 있다. 한편에 신성을 지향하는 '동경의 시'가 있다면 다른 한편엔 묵시의 어둠속에서 분출하는 '비탄의 시'가 있다. 이러한 시편들이 이 시인이 지속적으로 천착해온 시적 모색과 성취의 결실이자 우리 시단에서 그가 차지하고 있는 독특한 개성의 발현물인 것은 분명해 보인다. 그런데 이 시인의 시세계 전반을 염두에 두면 그의 시에서 양적으로 더 많은 비중을 차지하고 있으면서도 정작 지금까지의 논의에서는 소외되어온 또다른 영역이 넓게 분포돼 있다는 점이 눈에 들어온다. 그것은 천상도 지하의 심연도 아닌, 지금 이곳의 현실 즉 지상에서의 일상적 삶을 노래한 시편들이다. 우리는 편의상 그것을 '동경의 시'나 '비탄의 시'와 구분지어 '관조의 시'라고 불러도 될 것이다. 일상에서 마주치는 소재를 소박하고 정감 있게 무대화한 이들 시편은 상대적으로 종교적 감성이 앞서는 시들에 내재된 추상성이나 과도한 비장미 같은 경향이 별로 드러나지 않는다. 이들 시편에 두드러진 것은 일상의 평범한 사물과 사건에 가닿는 따스한 시선이며 이를 담아내는 차분하고 담백한 언어적 표현이다. 특히 최근으로 올수록 그의 시에는 은근한 웃음을 동반한 익살과 해학이 더 자주 출몰하고 있다.

세한도를 볼 적마다 나는 총알 퀵써비스 기사가 되어서 젠장맞을, 여긴 왜 아직 이 모양이람! 얼어붙은 마당을 뚫고 들어가 소리치는 거야 누구 안 계세요 아무도 안

계세요

외창마저 닫고서는 진종일
눈물과 웃음이 함께 솟는 묵선이나 긋고 있던 늙은 완당이
밑천 털린 노름꾼처럼 부스스
오줌 누러 나올 때까지

마냥 기다리고 있는 거야 뜨끈뜨끈 할망곰탕 한그릇 들고 서 있어야 하는 거야 그릇 밑엔 울트라파워 비아그라 몇알 숨겨놓고

—「눈사람」 전문

우리 전통문화의 신화적 대상 중의 하나인 세한도와 완당을 둘러싼 권위와 분위기를 가볍게 비틀어 웃음을 자아내는 이런 시편은 삶에 대한 어느정도의 달관과 관조 없이는 나오기 힘든 그림이라 할 수 있다. 먹어야 하고 싸야 하는 인간의 육체적·생리적 조건에 대한 긍정 없이는 세한도도 완당도 다 헛것일 것이다. 전람회에서 괜히 심오한 척 세한도를 응시하고 있는 현대의 관람객을 음식 배달 온 퀵써비스 기사에 견주어 발상의 전환을 하게 만드는 이 시는 누추한 일상에 깃든 엄숙하기도 하고 우스꽝스럽기도

한 삶의 비의를 반추하게 한다. 또 「중년」에서 "앉아서 오줌 누는 게 편해지기 시작했다 당신,/날개를 어디다 감췄어?/아내에게 너스레도 떨게 되었다"라고 시에서 그야말로 너스레를 떠는 것이나 「납작보리」에서 아버지 화장 모시던 날의 일화를 통해 삶의 단면을 유쾌하게 소묘하는 것도 여유를 가지고 존재와 세계를 관찰하고 형상화할 수 있기 때문에 가능해진 것이다. 여행 도중에 마주친 풍경의 한 단락을 실감나게 포착한 「진부터미널 식당」이나 어느 시골 신부님의 푸근한 심성과 인간미 넘치는 성사(聖事)를 그린 「그늘 평상」에서 우리가 만날 수 있는 것도 그런 장면이다. 친화력 있게 다가오는 이런 시편들은 덧없는 세계에서 정주할 곳을 찾아, 미지의 대상을 찾아 방황하는 사람들에게 삶의 진정한 의미는 저 먼 곳이 아니라 바로 지금 이곳 가까이에 있다고, 그러니 너무 서둘지 말고 웃으며 삶을 헤쳐나가자고 권유하는 듯하다. 그것은 꽃나무에 꽃이 피는 것을 바라볼 때 시인이 수행하는 '침묵 속에서 이루어지는 관조'와 그리 멀리 떨어져 있지 않다. 간혹 낙천적인 웃음을 자아내면서도 그의 관조의 시 역시 쓸쓸한 우수의 빛에 물들어 있다.

시인은 "내생(來生)엔 돌이 되거나/동진출가할/저녁 어스름을 만날 것이다"(「한밤의 라면」)라고 말하는가 하면 "매음굴을 빠져나와/문 닫힌 성당 앞을 밤새 서성대는 구두들"(「흰 고양이가 울고」)이라고 말하기도 한다. 이처럼 그의 상상력은 "돌"의 부동성과 "어스름"의 무한 확산 사이를 오가며, 또 "매음굴"과 "성당"이라는 성속을 대표하는 공간의 양극단을 오가며 진행돼왔다.

이 시인이 지향하는 영혼의 누룩으로서의 시는 저 멀리 "저녁 어스름" 속에 "신성한 나무"에 달린 "열매"의 모습을 하고 있을 수도 있다. 그것은 지혜의 나무나 생명의 나무에 열린 열매이기 이전에 수난의 나무에 열린 열매이며 기나긴 시련을 거친 다음 자기 내부에 불과 얼음을 간직한 열매이다. 그 열매가 품고 있는 깊은 단맛은 지상의 "사랑과 죄와 고독"이 한데 어우러진 것이다.

> 사랑과 죄와 고독이 하나이듯이, 그렇게
> 언 고욤이 단맛을 깊이 품듯이, 그렇게
>
> —「낮아지는 저녁」 부분

> 전생과 후생이 겹쳐진 한줄기 바람 속에 얼어붙듯
> 조용한 열매들,
>
> —「흰 고양이가 울고」 부분

> 이토록 먼
> 저녁의

적막의 화염에 휩싸여 익어가는

모감주, 검은 열매들

—「불타는 굿당」 부분

열매는 신에게 바쳐진 공물이며 세상을 지켜보는 눈이다. 그 열매를 빚어내는 적막의 화염은 오래 지속되며 타오르는 연옥의 불길일 것이다. 그 불길에 몸을 그을리며 오래 익어야 그 열매에서 "제 가슴 찢어 빚어내는 그 가난하되 복된 고해(告解)의 향기를 누설하"(「이상한 모과」)는 순간과 만날 수 있게 된다. 존재의 연금술적 변용은 자신을 버리고 무화시키는 상징적 죽음의 단계를 거쳐야만 한다. "신성한 나무"를 찾아가는 먼 여정은 바로 물질적 차원에 붙들려 있으되 그것을 초월하는 향기에 이르는 여정이기도 하다. 그런 향기를 내뿜는 순간을 향하여 이 시인의 시는 다가가고 있다. 다시 「이상한 모과」의 한 구절을 빌려 말하자면 "우리가 밥을 벌고 새끼를 낳고 키우듯 애끓는 표정으로".

南眞祐 | 시인·문학평론가

| 시인의 말 |

부산에서 시집을 묶는다.
지난 몇년 동안 혼자 지낸 시간이 많았다.

엄광산의 흙길들, 걸음을 멈추게 하던 묵뫼와 빗돌들, 오륙도의 검은 파도들,
그 옆에서 가끔 더듬거리며 말을 걸어오던 것들에게
고맙다, 잔을 건넨다.

2014년 6월
전동균

창비시선 375
우리처럼 낯선

초판 1쇄 발행/2014년 6월 20일
초판 3쇄 발행/2021년 11월 17일

지은이/전동균
펴낸이/강일우
책임편집/윤자영
펴낸곳/(주)창비
등록/1986년 8월 5일 제85호
주소/10881 경기도 파주시 회동길 184
전화/031-955-3333
팩시밀리/영업 031-955-3399 편집 031-955-3400
홈페이지/www.changbi.com
전자우편/lit@changbi.com

ISBN 978-89-364-2375-9 03810

* 책값은 뒤표지에 표시되어 있습니다.